O homem deserto sob o sol

O homem deserto sob o sol

Edivaldo de Jesus Teixeira

LetraSelvagem

Direitos desta edição reservados à
Associação Cultural LetraSelvagem: Rua Manoel Borba Gato, 115
CEP 11.662-050 – Caraguatatuba-SP/Brasil. Tel: (12) 3883-5059.
e-mail: letraselvagem@uol.com.br - site: www.letraselvagem.com.br

Editoração Eletrônica (miolo): Cesar Neves Filho
Revisão: do Autor
Desenho da capa: João Castilho Neto
Foto do autor: Jorge Beraldo
Capa: James Valdana

O logotipo LetraSelvagem *foi idealizado a partir de cerâmica Aruak, padrões utilizados nas bordas dos vasos, compilados por Koch-Grünberg em 1910.*

Coleção Sentimento do Mundo:
Org. Nicodemos Sena

Dados Internacionais de Catalogação na Publicação (CIP)
(LetraSelvagem, Caraguatatuba, SP, Brasil)

Teixeira, Edivaldo de Jesus, 1957 -
O homem deserto sob o sol/ Edivaldo de Jesus Teixeira. —
Caraguatatuba, SP: LetraSelvagem, 2008.
104 p.
1000 exemplares

Coleção VOL. 2 Sentimento do Mundo

ISBN 978-85-61123-01-7
1. Literatura Brasileira - Poesia
I. Título CDD - B869

Prefácio

O LUTUOSO TECIDO DA SOLIDÃO

Por Olga Savary *

Afirmam alguns que a poesia não serve para nada. Poderia ser verdade, mas não é. Poesia não serve para nada... a não ser para a essência do ser, para o essencial da vida. O poeta tem o olhar que reflete, não o que mede. O olhar que mede é preconceituoso – o poeta é aquele que a rigor não tem preconceito algum. Outra coisa: o artista não tem que ter pressa, não tem que ter carência e ânsia de ser reconhecido. Literatura? Arte e cultura? Só se não der para escapar. Se for só para pensar em conquistar fama, sucesso e dinheiro (ou, como se diz brincando, vinho, mulheres e música), não vale o sacrifício. Porque é esforço, sacrifício e dedicação o tempo todo. Parece uma vida só de beleza e felicidade. Mas não é. E, ao mesmo tempo, é.

Tudo o que foi dito acima semelha compor o retrato do poeta Edivaldo de Jesus Teixeira. O silêncio, a discrição, a modéstia são qualidades encontradas no texto e na maneira de ser deste poeta e juiz paranaense, radicado em Mogi das Cruzes, São Paulo. Seu fazer poético é de uma precisão e beleza bem caras à própria natureza da poesia. Quem conhece de fato poesia, sabe que ela ama a concisão, a economia de linguagem, a escritura enxuta, sem adiposidades. Reservada e circunspecta, sua *ars poetica* é ímpar, singular e plural a um só tempo. Tom Jobim disse certa vez que as pessoas pensam que música é ruído organizado; música é silêncio. Ruído é excitante, impacta. Ingrediente básico da poesia, silêncio induz ao sussurro.

O silêncio para fora nos propõe contemplação: da natureza e da natureza do homem. Octavio Paz, em seu livro de ensaio *O Arco e a Lira*, reconhece que a natureza é indiferente e desconhece o Homem. Talvez por causa desse fato o ser humano investe tão agressivamente contra ela. Tendo como pano de fundo a esperança, *O homem deserto sob o sol* desce o lutuoso tecido da solidão, compondo salmos, elegias, sonetos, cantos, canções, fugas, ressonâncias, vozes a denunciar que na sinfonia da vida o maestro acaba por se matar antes de alcançar a harmonia. Mas o poeta, este aqui, homenageia seus antecessores na escrita, os que vieram antes: Borges, Lorca, Dante, Drummond, Murilo Mendes, Gullar, Baudelaire, Mallarmé, Eliot, Pound, Bashô, entre outros pares. Vale o diálogo, apesar de certo pessimismo.

Empregando no início do livro uma epígrafe da mestra Emily Dickinson, precursora da poesia moderna (onde ela diz que a palavra não morre mal é pronunciada, mas sim que é aí que ela nasce), Edivaldo de Jesus Teixeira é um cultuador da palavra escrita, matéria-prima do poeta. Os olhos que o poeta gira sobre as coisas situam-no no mundo. Dessa experiência muito dele, e só dele, visão única (como únicos são a impressão digital humana e o desenho da cauda da baleia, sem igual em qualquer outro) é que nasce a sua palavra, e dessa palavra ele se alimenta em sua solidão ativa.

Desse olhar, dessa visão, entre as pedras e as estrelas, o poeta exorcizará a sombra, na direção da alba onde jorra a luz, o puro ouro da poesia que exorciza a morte e inaugura a vida: "A sombra assim posta/ em que matéria pena?/ São quantos os quasars/ de uma sombra apenas?". Para não perder o azul, o poeta refugia-se na dor, ainda que reconheça na dor o refúgio corporal da sanidade. Toda ordem conspira contra a vida em complexa genealogia. Por quê? Por sepultar a ilusão das coisas. Assim, toda ordem conspira contra a multiplicação dos pães e a divisão das riquezas. E o suave caos não justificará jamais nossa comum finitude. Alheio aos ruídos da tarde, sua paciência percorre conceitos vagos de direito, na provisoriedade das soluções humanas.

Alimentado de silêncio e de fulgor intenso, onde há uma luz onipresente e mínima treva – há treva e luz no que faz o criador – a poesia de Edivaldo de Jesus Teixeira arde em todo o livro *O homem deserto sob o sol*. Seu texto tem sobejamente o que Machado de Assis dizia da literatura: que esta fica, eleva, honra e consola. Seria a vida, como diz o Autor, um círculo onde os rostos envelhecem lentamente, transformando sempre esta obra-prima (a vida) apenas em rugas, musgos, pântanos, sementes? Seria apenas essa vã procura de transcendência para além da vida? Filosofando sobre o escândalo que a vida é, a poesia social, transcendente e pungente de Edivaldo de Jesus Teixeira finge acreditar, ainda, no paraíso, avessa à conclusão, movendo-se poderosa entre solidão e solidariedade.

**OLGA SAVARY* é escritora (poeta, ficcionista, crítica, ensaísta), tradutora e jornalista. Integra mais de 900 livros pessoais e coletivos, entre os quais *Repertório Selvagem – Obra Reunida*, pela Biblioteca Nacional, vários Dicionários de Escritores, Guias e Enciclopédias Literários. Convidada, é a única mulher a constar da antologia *Poesia da América Latina* (entre apenas 18 poetas e dois Prêmios Nobel: Neruda e Octavio Paz) editada em 1994 na Holanda, das antologias *Os Cem Melhores Contos do Século* e *Os Cem Melhores Poemas do Século*, organizadas pelo Professor Ítalo Moriconi para a Ed. Objetiva, 2000. Recebeu mais de 30 prêmios nacionais de literatura. Primeira em escrever hai-kais no Brasil, na década de 40; em publicar o primeiro livro todo em temática erótica - *Magma* -, e em organizar *Carne Viva - 1ª Antologia de Poesia Erótica;* e em utilizar palavras em tupi na poesia e na ficção.

“Meu coração é imenso
e se desdobra em outros”
Murilo Mendes

“A word is dead
When it is said,
Some say.
I say it just
Begins to live
That day”
Emily Dickinson

SUMÁRIO

O homem deserto sob o sol

DO OLHAR

Os olhos que giro sobre as coisas
me situam no mundo.
Dão-me a luz sutil dos besouros
e da palavra que me alimenta.
Como um sentido definitivo,
os olhos que giro sobre as coisas
me orientam além da superfície.

Como os olhos inusuais de Salvador Dali
sobre a fúria do tempo
ou o olho centrífugo do Hubble
desvendando novas galáxias,
os olhos que giro, meus olhos,
desde a infância mais remota,
dão-me a luz única da vida.

A SOMBRA

Ali à luz posta em crescente movimento,
A sombra, esse elemento escuro,
esse incenso.

As sombras dos reis magos
ali postas ao lado da figura
da mulher, sua dor, sua estatura
entre as pedras e as estrelas.
A sombra posta,
e pondo-se a vê-la
nada há que aclare suas veias,
suas rugas, sua própria tessitura.

A sombra assim posta.

A do livro fechado,
a da videira,
a do olhar perdido,
a sombra primeira
do satélite, no espaço.
A derradeira sombra
do morto no velório
e as sombras que a cercam
todas elas provisórias,
e a do pároco na missa, sob a cruz.
A sombra essa mesma
na contrafação da luz.

A sombra assim posta.

A da escultura,
a das mãos que a teceram,
será que ainda perduram
nos ângulos do metal
que compõem essa figura?

E a sombra futura?

A do leão caçando,
a do besouro,
e a sombra do ouro
será que jorra luz?

A sombra assim posta
em que matéria pena?
São quantos os quasars
de uma sombra apenas?

SOB A NOITE

Na noite enorme que fulgura
ando de bolsos vazios.
As mãos, mapas tácteis,
capazes de moldar a argila do sono
e brandir as facas do ódio.
Os olhos esses acesos vidros
de mover caminhos.
Por eles escorrem os rios mais longínquos,
os astros incendiados da inveja e da luxúria
e a mulher com quem como vorazmente o silêncio.

Toco nas águas da infância, ouço seus tambores.
As agulhas da chuva sobre grandes paineiras,
como se fosse abril.
Há muito velejo sobre os relevos da terra
observando sua geografia úmida.
As grandes árvores do pensamento,
lodo dos pântanos e das almas,
a doença da fome, a gaia ciência.
Há bois e homens girando na noite
com grandes olhos estúpidos.

Toco as águas da infância, ouço vozes movediças.
A avó portuguesa me espia com seus olhos castanhos
desde os arredores de Coimbra,
desde as frestas do paiol.
Sobre o arreio, ao chão, nas tábuas escuras,
ressono imóvel, sob a noite enorme, e soluço,
aguardando as grandes asas azuis da manhã
um novo dia.

SALMO

Vês que os anos não são sempre vivos,
sempre verdes,
nem as águas sempre claras
se me entendes.

O tempo fragmentado
sobre as ruas, sobre as ruínas.
O silêncio que aplaca todas as sedes.

Vês quc os homens não são santos,
nem os porcos,
e a vida não pode ser completa
como a morte.

DAS CONSIDERAÇÕES SOBRE UMA ALEGORIA DE GARCIA MÁRQUEZ

No céu dos soluços
todos os relâmpagos e urzes.
Ontem, fora...
Verbo tênue de asco e pérolas.
As casas giram como a terra
e as árvores.
És plena de quietude e gelo.
Como no reino de Melquíades
todas as possibilidades
de vislumbrares o paraíso
cederam ao tremor dos anos.
Alucinada tanges coleópteros
e transformas pedras em pão.
Miseráveis!
Deles não serão os meteoros
nem a luz do outono.
De ti não passarão os ventos de Macondo.
Como suportas a dor
e todos os seres vivos suportam a dor
estás plena de quietude e gelo.
Nas pedras. Nas galáxias.
Em Getsêmani!

SONHO

Sob esses azuis reelaboro o sonho,
não para entendê-lo
e ao rio em que ele cessa.
Reelaboro-o para colhê-lo
silenciosamente vasto
entre os cristais que o guardam
em seu escuro pasto.

Vislumbro-o – paralelo tempo-espaço? –
em águas não idênticas
que em vão navego
afiando rudes facas,
e como Borges, cego,
reelaboro o sonho
até o labirinto,
onde a solidão é absoluta
e o tempo extinto.

Sob esses azuis reelaboro o sonho,
não para entendê-lo e ao rio em que ele passa,
mas para surpreendê-lo
onde após extinto,
sonho faz-se em vida
e a vida em labirinto.

POEMA

Preso a este tempo
e sem nenhuma ilusão momentânea
atravesso os dias de sol
como um pássaro em Etosha.
Ainda virão dias surpreendentes
de chuva e abundância
e não murmurarei qualquer palavra.

Pacientemente, alheio aos ruídos da tarde,
percorro conceitos vagos de direito,
e mais do que nunca
compreendo a provisoriedade
das soluções humanas.

ALEGORIA SOBRE UM CONTO DE JORGE LUIS BORGES

Em Tlön
passeias toda a dubiedade humana.
Nenhum sinal de claridade
ou leveza
relevar-te-á a duplicidade
real dos objetos.
Os gerânios gerarão gerânios.
Os espelhos gerarão espelhos.
Em Tlön como em Uqbar
buscarás o hronir
que te revele a materialidade
dos dias ou do tempo.
Estarás entre árvores e signos
sem nenhum sonho ou vertigem.
Não haverá Deus ou Ur.
Haverá Tlön e seu criador.
Absurdamente,
como neste tempo.

PARA SE COMER O SILÊNCIO

Para se comer o silêncio
a audição fina dos líquidos
ante a hora espessa.
A quase pele dos astros vibrando
desde o Gênesis.
O tato até onde pulsem os gases
sem luz ou forma,
como sentir o ácaro sobre as unhas,
o câncer gestado desde o genoma,
o sumo das coisas compactas
onde a água se condensa
até a mutação das moléculas,
uma às outras – essa rede.

Para se comer o silêncio
a página alva onde cabem
todas as blasfêmias,
o vício de auscultar o crescimento das larvas
até a metamorfose.
As moscas grudadas ao corpo
em desfazimento
para revelar a hora da morte.
o som dos cristais se compondo.
A transparência absurda do gelo.
Algum silêncio para que se coma a filosofia
– barca da humanidade, pensamos –
como Friedrich Nietzsche, cético,
mouco ao ruído da metafísica.

Para se alimentar do silêncio
como ouvir Zaratustra
na hora anterior ao desvario :
"*cantarei aos solitários e aos que são*
dois em sua solidão, e a quem
tiver ouvido para coisas inauditas."

Para se comer o silêncio, como Zaratustra,
temos de abandonar o rebanho
e seguirmos nus e descalços
até o coração da montanha.

INOMINADO

De tudo que compõe a aparência
do átomo, da clava, do horror,
do sexo, da fleuma, do idílio.
De tudo que compõe esse exílio
onde sonhas voar e obrar prodígios,
algo sempre haverá que os transcenda,
algo sempre haverá além dos dedos,
dos olhos, sempre haverá, além do medo,
algo sempre haverá além da sede
com que buscas o que não compreendes.

De tudo que compõe a inútil essência
da alma, da alba, da dor,
do pássaro, do vírus, do diamante.
De tudo que compõe esse instante
em que elaboras frases no vazio,
em que soluças como ave sobre o pântano,
algo sempre haverá além do cânhamo,
do aço, da alfafa, do juízo,
do guizo, sempre haverá, além do sonho
em que buscas a saída do abismo.

De tudo que compõe essa ausência
dos olhos do morto já fechados,
do livro incompreensível nos guardados,
de Vico, do sêmen, da loucura.
De tudo que compõe essa armadura

Que nos fecha pelo cérebro ou pelo estômago,
– a matéria a desfazer-se sempre –
algo sempre haverá se decompondo
como outro haverá dentre os escombros
que nasça para manter o nosso assombro.

CRIAÇÃO

Um olhar sobre esses mundos.
A surda dor que move anfíbios
e insetos.
Nenhuma palavra, só o ruído.
Trânsfuga de mineral para mineral,
de noite para noite.
Não há branco ou luz.
Nada do que vedes ou ouvistes.

DO FULGOR

Em todo fulgor há luz intensa
e mínima treva,
onde nada se apaga ou pulsa
onde nada se oculta exceto o átomo
e o rio longínquo com suas águas pardas
e os peixes do sono e suas barbatanas
e o tempo, indissolúvel, sem membranas.

Em todo fulgor há luz intensa
e mínima treva,
onde tudo se consome ou passa
onde tudo se condensa ou se amplia
e as facas com suas lâminas frias
e os mortos de outros séculos com suas faces
e a luz mesmo fugindo através de hastes
do espelho, em torno, como se tornasse
à explosão anterior que a multiplicasse.

Em todo fulgor há luz intensa
e mínima treva,
esta presa à luz pelo espaço
e há treva e luz também no que ora faço,
embora haja mais treva enquanto passo.

A HORA ABSOLUTA

hora em que descobres que a nada cheiras
e todas as ruas confluem para o mesmo escândalo
e todas as cigarras estão mortas sob podres árvores
e todos os teus desejos são tão velhos
[que cheiram a mofo
e todos os beijos que tu deste sangram
[no mármore frio
e todos os poemas são tão inúteis quanto o suicídio
e todos os pressentimentos são tão longínquos
quanto a constelação de Antares
e todas as tuas fugas desembocaram no rio do tempo.
hora em que percebes que todas as verdades
[são mentiras
e todos os teus amores foram expulsos do paraíso
e todos os teus mitos morreram soterrados
[pelo esquecimento
e todos os muros foram reinventados
para ocultar nossas diferenças
e todas as filosofias nada explicam
além da última margem do rio da vida
e todos os caminhos conduzem ao mesmo labirinto
e todas as cidades serão um dia ruínas e ventos
e todos os livros guardam memórias mortas
que ressuscitam com o nosso olhar
ah! hora terrível essa...

DA CÓLERA

Como todas as coisas à superfícic
do fogo, do ar, da água,
da página, do salmo,
do olmo, da mágoa,
orbita a cólera.

Com sua ardência
sem cheiro, sem afluentes,
com seus tanques
move-se a cólera,
insípida, inodora,
com seu ríctus, maldita,
não a cólera do peixe
em sua evasão de sombra,
não a cólera do vinho
em sua febre de blasfêmias,
como todas as coisas
à deriva de concretos laços,
a cólera dos solfejos de Bach,
como todas as coisas
em sua efêmera translação,
a cólera do dia em feroz mutação.

INDICAÇÕES OBSCURAS

Pelo ardor das hóstias e dos meteoros
compulso essas lunetas e armas
e vos indico rios mesopotâmicos,
campos minados de lírios
e lábios tomados de lepra.

Pelo temor das catástrofes e dos senúviros
compulso essas orações e venenos
e vos indico noites hebraicas,
anjos sodomizados na treva
e mãos crispadas na sombra.

Pelo fulgor da cólera e dos girassóis
compulso essas fórmulas e ventos
e vos indico constelações provisórias,
loucos jardins do desejo
e olhos febris de gnomos.

Pelo horror da tortura e do câncer
compulso esses bálsamos e revólveres
e vos indico os anéis de saturno,
enforcados em manhãs labirínticas
e cérebros gravitando na bruma.

DAS CONSIDERAÇÕES ALEGÓRICAS

Nem me peças o santo ilusionismo
dionisíaco das pérolas
vã mortal
nem me ouças embriagado de cristais e ácidos
flutuando com as elétricas asas da memória.

Ilhas o tédio dos bares pelos balcões,
vives!

Às mortais esperanças
unes o cão feroz do medo.
Mas, nem me digas o último verso
da divina comédia,
que nada move o sol e as estrelas
senão a gravidade insondável
ou o tempo.

Nem me esperes
com a paciência de Penélope
ou com o desespero colossal de Jó
preso entre as escrituras,
nem sagradas, nem diabólicas,
lavradas em hebraico,
que o papiro em que deliro
não durará senão um pálido instante.
Por isso, nem é preciso que me olhes com o espanto
de quem morreu na guilhotina
ou pisoteada pelos búfalos de Oklahoma.

A AMADA

Para Cleuza

A amada,
sob o fulgor da aurora,
tece vegetais esperas,
e, alegre, sonha uma manhã
de límpidas estrelas.
Somente ao amado cabe vê-las.

SOBRE A ORDEM

"Cultive a dúvida em relação às ideologias reinantes e aos príncipes" - Daniel Kiss

Toda ordem cheira a fosso
ou fede sobre os ombros dos dóceis
com seus burocratas medíocres
e seus messiânicos arquitetos.

Toda ordem planeja a extinção do caos
e a instauração da hierarquia.
Da eclesial hierarquia
em nome da qual papas e generais
esboçam o rigor dos labirintos e das guerras.
Da policial hierarquia
em nome da qual reacionários e rebeldes
vestem a camisa-de-força da ideologia.

Toda ordem cheira à morte
pela sua desesperada busca
de ilusória exatidão.
Pelo seu gérmen de inércia
e sua irrevelável solidão.

Toda ordem pressupõe algemas e espiões.
Mesmo a ordem de Deus vigiando as galáxias
ou a ordem dos sistemas
como aqui ou em Orwell
guardando a servidão.

Toda ordem pressupõe a delação e o degredo.
Toda ordem, em sua vastidão de pedra,
pressupõe a superior hierarquia do medo.
Mesmo a ordem do sistema oligárquico de Megabises
inventada por Heródoto
atravessando o deserto da história
ou a primorosa ordem dos físicos
compondo o estampido dos átomos.
Toda ordem conspira contra a vida
em sua elaborada genealogia,
porque sepulta a ilusão das coisas
se recompondo em novas lâminas.

Toda ordem conspira
contra a multiplicação dos pães
e a divisão das riquezas.

DA FINITUDE

Há noites vastas sob espaciais tremores
(conspiro & deliro sobre mapas).
Junto a mim, alheios à epopéia humana,
alheios a Von Lizt e a Lorca,
os percevejos e os pássaros,
os cães e os ácaros
devoram provisórias claridades.

Há dias vastos sobre o lodo dos lagos
(gesticulo & contemplo sob paineiras).
Alheios a mim
e à saga dos Césares,
os percevejos e os pássaros,
os cães e os geômis
pulsam sob crateras,
e não há nenhuma razão aparente
que justifique
nossa comum finitude.

TRISTEZA

anfíbia aspereza
em suave caos
óvulo já posto
da serpente
chamam-te tristeza,
simplesmente,
ou dizem-te desgosto.

ESPACIAL

Pela lei dos espaços
todas as ruas são idênticas
com seus edifícios e sombras
e a razão comum de estarem postas,
no tempo,
como postos estão a pedra e o vento,
é a mesma razão da inércia e do movimento.

DIATONAIS

"...rondo-te, e arquejo, e choro, ó cidadela!
Como um bárbaro uivando às tuas portas!"
Olavo Bilac

Dias do anfíbio
e a dor em nós pulsando
com seus motores de lodo
as águas frias do soluço
a insondável pulsação dos quarks
um rio de espuma e lava.

Dias de coisas únicas
e essa corredeira de símbolos
e crateras
medrando em mim
desde remotas eras
e as labaredas do tempo
girando em espantosas cavidades.

Dias em que te procuro
nos rios acesos do futuro
no cristal único da aurora,
em vão.

Dias de dor
em que discurso colérico
contra o poder e a glória
e não me move sequer a esperança
de ser um bárbaro
pregando o fim da história.

SONETO

Esse exercício único e imperfeito
de manejar vestígios e carcaças
de tocar os ossos e as moedas
a luz clara e eludida dessas traças.

O morto que em mim se acomoda
pondo seus olhos duros sobre o rosto.
O morto que em mim sempre se molda
com as mãos ávidas e o destino posto.

O rio em que ele navega solto,
as mágoas que carrega, suas bolsas,
os breviários todos, o arcabouço.

A prata das manhãs em que soluça.
O estranho que a palavra molda e suga.
O morto que carrego em cada ruga.

SOLIDÃO

Armado de violoncelos e papiros
componho essas sinfonias
onde o maestro sempre se mata
sem alcançar a harmonia.

SOBRE FILÓSOFOS E MITOS

1- Acorrentado como Prometeu ao mundo, sondo essas superfícies, onde toda a transparência é ilusória, e os destinos provisórios, como os astros e os domingos.

2- Como Sísifo, com a anônima fé dos que constróem o dia feliz dos privilegiados, rolo essas pedras pelo caminho, que sei, nunca me levará ao Éden.

3- Em Jorge Luis Borges habitava o múltiplo. A treva e a luz. E o Aleph.

4- Em Nietzsche habitavam as visões. Os labirintos com suas correntezas e ruídos. A montanha e sua distância. A ira da água e do fogo. O milagre de se aprofundar na dor humana, sem cair na tentação da superfície.

5- Em mim, Bashô. Às vezes, essas esquizofrenias.

DAS CONSOLAÇÕES

Consolam-me as ilusões humanas
os rios subterrâneos e os faisões
a reflexa distância que move espelhos
e sombras,
os labirintos mesmos,
esses inconclusos tratados
sobre a dubiedade dos caminhos.

Consolam-me a teogonia
e seus escuros símbolos,
embora nenhum deus me adore ou guarde,
os arquipélagos e os ventos,
a complexa pulsação dos elementos,
onde esses não são mais que sonho
e pulsam no coração da tarde.

Consolam-me, entre outras,
a insolência de Etienne de La Boétie
ante os senhores feudais, *ainda vivos*,
a frágil ordem da divisão de classes,
a fogueira do tempo que torna em pó
toda a vaidade humana,
a luz dos girassóis de Van Gogh,
na pintura,
e a densa trama dos Nomes
que Saramago inaugura.

SOBRE A VIDA E A MORTE

À vida e à morte me reporto.
À vida e ao seu avulso vão.
À morte pelo vão avulso
que a palavra sonha desde então.

Desde o vão entre a vida e a morte
desde as águas da escuridão
e todos os objetos que desdenham a luz
e a vida e a cruz de seu avulso vão.

E se compô-los fosse apenas sonho,
uni-los, os espaços, desde então,
nada do que girasse nesses dias

a matéria, a medida, a amplidão,
nada, nada que lembrasse o lanho
da morte reimprimindo a solidão.

A PEDRA

A pedra como objeto,
em sua mudez ascética,
é órfã de si mesma.
Sem sílaba que a acrescente
ao outro
é algo que se esquece
permanentemente.

Amnésia sombria
de nenhuma mente,
a pedra ali posta,
sob o sol ou a água,
é um volume ausente.

Sem signos
ou nervos ígneos,
a pedra sobre a pedra
não explora,
põe-se apenas como
a hora sobre a hora.

A pedra sobre a cova
não gera qualquer luz,
reflete-a quando é o caso
e nisso se traduz,
espelho de outro espelho
se lisa a superfície,
a pedra sobre a pedra
não pesa, nem a solidez

da pedra sobre a outra
como os anos na velhice.

DAS CONSIDERAÇÕES SOBRE O MORTO

Estás morto na tarde
sob véus de cera e velas
                sob tua própria sombra.

Estás morto na noite
com teus sonhos e caminhos
                sob paredes de alfombra.

Estás morto no leito
com tuas pedras e cristais
                sob séculos de insônia.

Estás como tudo que é inerte
já não cantas nem refletes
                a vida em que te agarraste.

Estás na envergadura das hastes
fuga de sons e relâmpagos
                nada mais claro que a face

que tens curva sobre os ombros
nada mais oco que o prisma
                sobre o qual inerte abismas.

Estás morto na tarde
no súbito riso que velas
                mais morto te enovelas
em torno da solidão.

Do que houvera de arreios
posto sobre tua loucura
                    transformaram em veias
para te mascarar a amargura.

Estás morto no dia
como o que na extensão se anula
                    e é óbvio, ainda giras,
no vazio que em ti perdura.

DA VIDA

Se a vida é assim um circulo
onde os rostos envelhecem lentamente
a obra prima a transformar-se sempre
em rugas, musgos, pântanos, sementes.

Se os dias são como as águas e fluem
em outros dias, águas e paredes,
em luzes que esmaecidas ruem
no círculo do tempo em que me vedes.

Se os astros são estrelas desvanecidas
que a física explica, a matéria já escura
captada há séculos antes da vida,
será a vida essa vã procura
de transcendência para além da vida?

ANOITECER

"Noite de uma voz humana"
Herberto Helder

A tarde densa na cor do ar.
Essa luz descarnada da matéria.
Olhos vazios de minério e palavra.
As coisas que somadas
Ressudam o silêncio
Ou a pétala do tempo.

A noite próxima
Amarrada às árvores
E à atmosfera fóssil.

A grande mão que a adensa,
Seus imensos olhos perfurados
Pelo rio de luzes e insígnias.

As palavras que constróem
O (des) entendimento,
À essa hora, completa a noite, ei-las
Tácteis, intactas,
Fluindo pela boca dos sentidos.

A matéria pulsando sob os pés
E sobre e só – a matéria seca do silêncio.

PARAÍSO

No dia das blasfêmias
caem as pedras
as estrelas caem
caem os astros
no dia incendiado
nenhum rastro
nenhum olho ou voz
ou água azul
povoa o espaço
e é vazio o rio
e caem árvores
nem sonho, nem tambor,
nem pássaro
no dia já deserto
ruem as casas
e há uma dor
que move os olhos
move as asas
e há carneiros
e grandes raízes
e se contemplas tudo
nada dizes.

COLHER PALAVRAS

Colher palavras, cis meu ofício.
Tê-las intactas e rubras.
Espargi-las no mundo
pelo intenso lençol que as acende.
Anunciá-las aos surdos
como auréolas ou cristais
sabendo-as visíveis e expressas.

Traduzir o silêncio
Para revertê-lo em palavra.
Nenhuma blasfêmia. Não.
Colhê-las pelo estrondo
que desenham no vácuo.
Reinventar a palavra
para o gozo dos mudos.
Tê-las como às palmeiras
Abertas aos ventos da tarde.
Bebê-las
para levitar no coração da noite.

Alcançar a palavra
para entregá-la à amada
à hora da ausência absoluta.
Scr a palavra
para não adormecer
antes que os moucos me ouçam.
Só a palavra.

EXERCÍCIOS PARA ENTENDER O VAZIO

Dentro da noite que fulgura
caminho com algarismos nas mãos.
A terra transla a 107 mil quilômetros por hora
dentro da galáxia escura e vazia, e nenhum pouso à vista.
A matéria áspera da dúvida é o meu nome.
Relâmpagos e vozes.
Como se urgisse o silêncio, vociferas
contra o mundo.
A palavra.
De tudo, de átomos de carbono e argila,
somos compostos.
De uma luz que não se percebe
e apaga-se aos poucos no fluxo
dos dias e das noites. E fezes.
Lavro ourivesarias e nada.

Para não perder o azul
danço sobre as águas.
Na manhã inventada em Karbala
habita um deus furioso.
Ruínas e dor.
Os terríveis dentes do ódio
e da intolerância roem o mundo.
Fósforo puro e seco.
Resta essa sensação de que tudo explodirá
em orvalho.
Mancha nenhuma desse dia.
A palavra inumada.
O pó.
Esse deserto.

O REINO DAS PALAVRAS

"Penetra surdamente no reino das palavras.
Lá estão os poemas que esperam ser escritos.
Estão paralisados, mas não há desespero,
Há calma e frescura na superfície intacta"
Carlos Drummond de Andrade

Palavras,

As que colhi como escravo
repartidas entre frascos.
As que amanheci entre pedras.
As que luziam entre favos.

As que sonhei como eslavo
e nem pronunciei ainda
em línguas que não domino.
As que dormiam já findas

nos lençóis brancos das minas.
As grandes, espetaculares
que anunciavam setênios
de circulares ignomínias.

As que lavrei no duro osso
de escandidos ruídos.
As que pendiam no poço
de afogados sentidos.

Ei-las! sempre as ouço

por transfigurados caminhos
alvas, negras, como o fosso
onde se sonham moinhos.

As que recobrem o morto
corno, crápula, mesquinho,
coitado, sofrido, candango,
cadáver, brilhante, nem isso.

Tudo aquilo que define
o silêncio como vício.
A finitude que nos honra
com sua aura de suplício.

As que recolhi como um boi
pastando no precipício.
As que ignorei como um rei
surdo e cego ou quase isso.

As que espargiam o veneno
da inveja e da estultice,
as que traziam o peso
de incontornável velhice.

As palavras que desprezas
as desfiguradas e sesgas
as que sonhas em nêsperas
as que são coisas acesas.

As palavras como presas
de incontido soluço.
As que definem o amor
as que defloram o crepúsculo.

As pedras que são palavras
ou coisas a que nomeias.

As que são facas ou teias
as que ainda não palavras.

São signos ou grandes chagas
do que se persegue ou tateia.
As que são vazios intactos
onde sonhas casas cheias.

As que hibernam na noite
universal do silêncio.
As que nem sonhas que existem
e habitam labirintos pensos.

As que são monocórdias,
vazias de sentido e espessura.
As que são conceitos densos
e anunciam a própria clausura.

As que mortas vegetam quietas
em inércia contida, nos livros.
As que nenhuma língua inquietam
por não serem ainda dos vivos.

Aquelas que a razão não desnuda
por falta de claro sentido.
As palavras que ruminas,
mas não dizes, quedas muda.

Ah! As palavras não ditas
Postas nos escaninhos da mente
a arderem como malditas.
Essas só o poeta pressente.

PARA AMAR QUEM FOGE DA LUZ

I

Para que meus lábios te toquem
Essa manhã de roseiras
O grande dia de olheiras
A mudez.

Para que me ouçam cantando
O branco naufrágio dos dias
A seminal brevidade da luz
Essa vasta conspiração de moinhos.

A carne de todos os rios.

II

Para adensar os volumes
Um fluxo de pedras acesas
Uma parede de cristais e água
Um céu sem limites.

Para que não fujas sem luz
A filosofia de Plotino : *o amor,*
Olhar pleno do que vê,
Visão unida a uma imagem.

A água para respirar pelas guelras.
O girassol da vontade

para que me esperes
branca e ruidosa, ao cair da tarde
no centro da cidade imensa.

Para modular a gravidade
A evasão sem sombra dos peixes
e esse silêncio : a inútil espera.

DAS DIVISAS

"Una nube di corvi/ dal mio cielo/
Stasera nel tuo spechio"
Leonardo Sinisgalli

Divisas tormentas
nos céus de novembro.
Nem Iago, nem Otelo,
divisas tormentas e brandes descomunais bandeiras
onde nem signos, nem címbalos.
Sim nem ouves odes onde
as ruas do paraíso
não se conciliam com o tempo
com o mar – indiviso tempo.

Divisas o tempo e os guizos
da serpente do tempo.
Nem nuvens, nem corvos.
Ó Deus!
Nem luzes, nem ogros.
Ó Deus!
A Ursa Maior dói vazias noites de vastidão.
Esta noite em teu espelho imprecas contra a paciência dos sábios.
Esta noite em teu espelho vislumbras o antípoda.
Divisas nem tantas, nem sabes.
Vives como se fosses um bezerro levitando no Levítico
entre leis e imprecações
e te sabes um animal solitário que poreja água e luz
e espia (s) as árvores.

Como se fosses um cão desces a Casarejos
sem nenhuma emoção nos olhos.
Tédio dos brejos que gemem a essa hora da noite.
Não há droga que alivie e sabes, como os andarilhos,
que todas as planícies são idênticas.
Nem sabres, nem tormentas
divisas nem tantas
com quantas sobras se constrói um eclipse?
E a penúria, com quantos excluídos se a põe aos olhos do mundo?
Quantas noites urraste como um *uomo* numa gaiola,
como Ezra Pound ouvindo Tirésias?
Quantas noites tiveste entre as mãos um revólver
e urraste impotente como um símio
diante do espelho, com um medo sombrio da morte
Dal tuo spechio stasera?

Nem divisas, nem diventas,
Nem bantas Ó Zeus!
Vão das águas o eterno movimento
aonde Heráclito o eterno movimento?

O RIO

Ao Artur da Brahma

O rio é o nosso olhar sobre o mundo
O rio é a hora esvaída do silêncio
Ter o rio não é navegá-lo
Como a noite e o incenso
É tê-lo como substância
Que se esvai entre as mãos,
É cheirá-lo
É ser o rio e lê-lo.

É como reinventar um sonho
e esquecê-lo.

Ter o rio quando se o olha
por olhos de grande altitude
É como imaginar o rio
Antes que ele fosse rio: água e vento.
É como sonhar o rio.

VELUDO AZUL

Ainda éramos sós e somos estranhos
que se encontraram após anos de deserto,
ambos a construir vãos e loucos sonhos
mais adormecidos que despertos.

Éramos talvez o amor mais dividido
desde o princípio do tempo mais disperso.
E ainda que eu te sonhasse comovido,
tu me fugias como miragem no universo.

E não havia entre nós um rio possível
de velejar ou um caminho mesmo.
Não, entre nós somente essa invisível

urgência de mãos ávidas de contato.
O tempo dúctil a escorrer a esmo,
voraz, volátil, com seu motor exato.

O CÁRCERE

"O absurdo depende tanto do homem quanto do mundo" - Albert Camus

Vasto campo de força
horizontal abismo
na ogiva do vácuo
constrói-se o cárcere
poço de espelhos óbvios.

Tê-lo, em si, significa alimentá-lo.
Espada de Dâmocles
olvidá-lo tonifica-o em seus elos.
Arranjado em aços
perdura nos séculos.

Desde Mamertinus Tullianum
no cárcere confabulam
a aflição e o desespero.
Tê-lo, porém, em torno,
é configurá-lo pleno
com seu veneno de transtorno.

Significa mais:
feroz ausência de espaço
absoluta impossibilidade no asco.

O cárcere arranjado
na estúpida tarde dos contentes
é terrível e escuro

como um escorpião num frasco.

Mas não desdenham-no os mortais.
Antes têm-no
sombrio receptáculo de soluços.
Antes instauram-no
pânica catedral de sustos.

O cárcere, assim posto,
com sua estrutura de agonia e fosso,
no febril dia em que amaldiçoas objetos
é completo em sua solidão sem eco.

Porque institucionalizado
modelo de ordem inexplicável
é um rebento do Estado,
estuário de um rio intragável.

Autoritário, impõe-se-lhe
olvidar os ventos contrários.
Conflagrador de ausências
o cárcere estimula a demência.

A função do cárcere, em síntese,
não é estelar nem é humana
mas encerrar em frascos
a solidão do engano.
Abissal desvão de proscritos
ao cárcere lançam-se os mortais
como no inferno de Dante.
Em seu depósito de gritos
não há antepassados.
Há o desespero dos vivos
e a mão carrasca do Estado.
Cerzido em pedra e ferro
com linhas de arquitetura cinza

trancam-se ali nossos erros
em quadraturas espaciais
onde a sanidade míngua.

Como reinventá-lo se pensa,
com que ferocidade mais densa
onde emudeçam-se os soluços
e extingam-se as mentes?

Como torná-lo mais apto
mais pleno em seu grau de força
que de lá gritos não passem
que nossos ouvidos ouçam?

CANÇÃO DRUMMONDIANA

A infância é apenas memória
dos dias sem contorno.
As ruas ainda estão
na minúscula cidade
para onde já não viajas.

Os trens estão nos pátios
sob ácidas chuvas, vazios.
Alguns amigos morreram
e outros bebem a noite completa.

A bela da rua
em que álbum de família
desdenha os antigos amores?
A bola de meia
em que veia do tempo desfez-se?

O céu é o mesmo, a saudade é a mesma,
mas esse fosso da memória,
não!

A VOZ

A voz como uma navalha
no coração da tarde
ou como uma lâmina
na noite.

A voz como uma tormenta
no coração da tarde
ou como um escândalo
na vida.

A voz como um trem
na ferrovia
ou como gente aflita
construindo o
dia.
Subindo muros como musgo
ou gato
ágil
a voz
nunca frágil
mas forte
tão forte como um touro
escoiceando o domingo.

AS COISAS POSTAS

E pôr-se uma coisa
sobre a outra
a carne sobre ossos
e a pele
e a luz sobre o lago
e a árvore sobre a pelve
e o musgo.

E pôr-se a luva sobre a mão
do assassino
a epiderme e os sinais digitais
sobre ela postos
o segredo posto sobre o crime.

O conceito posto sobre a obra,
seus desígnios insondáveis.
O olhar do autor da obra
sobreposto à imagem (palavra-objeto)
que a consubstancia e exprime.
O mapa posto com contornos
que o geógrafo pondera e imagina :
a fronteira da fome entre os povos
posta assim como uma sina.

E a imagem posta sobre
o Santo Sudário,
em que tempo, com que perícia
as mãos a exprimiram?
Em que estábulo obscuro ou oficina,

com que escopo a teceram entre fímbrias,
com que tinta indelével e tão fina
que ainda hoje se percebem suas linhas?

A colcha posta sobre a amante
deixando entrever os seios túrgidos,
a pelve sobressaindo urgente e escura,
com que desejo se teceu tão vívida forma
dando-lhe o gosto do amor e da aventura?

E aquela maravilhosa pintura
posta no teto da Capela Sistina?
Com que louvor pintou-a Michelangelo
tecendo-a poro a poro, em que dia,
com que régua cada ângulo ele media,
cada contorno, expressão ou agonia?

E o rosto do outro posto no espelho
procurando a identidade absoluta
desse enigma,
pois postas ali estão surpreendentemente
as duas faces do mesmo paradigma.

DAS CONSIDERAÇÕES SOBRE A MORTE

"Conforme os anos passam,
com menos vozes dialogas"
Giorgos Séferis

I

Reciclo a morte
em seu vegetal conforto.
Entendê-la não me basta,
sua matéria, os seus planos.
Imponderável navio
de inadiáveis retornos
suporto-a, como quem
carrega às costas
os tanques do soluço.

II

A morte não tem vínculos.
Corredeira de crateras,
ímpar procissão de sombras,
a morte é o calvário de umbra
onde nenhuma luz repousa.
Se não te comove a morte
pelos medos que semeia
ao menos te move o susto
de te tornares pura areia.

III

Os arreios que a levam
encilhados sobre o escuro
a propagam como a peste
para ao fim de cada turno
pô-la sólida entre muros.

IV

Domá-la, tempo ligeiro,
não poderás por inteiro.
Nem sua liga de transtorno,
nem seu manto sorrateiro.
Melhor tê-la como faço –
o abismo derradeiro.

ELEGIA

Para Olga Savary

Vasta
pousas no conciliábulo
dos ventos.
Nua e vasta
alastras redemoinhos e girassóis
no fosso do tempo.

Nua e bela
incendeias de desejo
o gasto círculo dos abismos
onde cismo solidões fenícias.

Nua.
Como adolescentes sob o sol
douras teus pêlos,
nas axilas, no púbis, no ventre
e esperas.

O desejo é a única
paixão possível
no mágico véu das utopias.

Fremes.
À luz das mãos, carícias.
Delícias, à luz das mãos.
Malícias.

A língua ardente do desejo
rói o espaço dos objetos.
O lúdico e mortal beijo dos corpos.
Nua, pousas, posas
em febril delírio
sobre os lençóis macios da noite.

DOS DOMINGOS

Para Ferreira Gullar

À acesa superfície dos domingos
aderes angústias mínimas.
Animais sonhados desde fósseis abismos.
Teoremas planejados desde visões quânticas.
Catedrais onde Deus promove a sagração da dúvida.
Páginas onde Wittgenstein tece circulares incógnitas,
o exercício da Verstehen (compreensão), ou sua busca.

Na acesa superfície dos domingos
obras imponderáveis coisas
e festejas, animal movido por desejos e calorias,
a luz do sol sobre as fezes e as maçãs,
o rio elétrico dos televisores
atravessando favelas e condomínios,
a tristeza bovina com que os operários
(macacos de Taylor) rumam para
matadouro das fábricas.

Da acesa superfície dos domingos
subtrais espaços relativos
e esperas o dia vindouro
porque viver é provisória espera
e a morte nosso único consolo.

CANTO

Retomo a noite indivisa
e seus rios de sono.
A movediça noite
e seus descaminhos.
Os bêbados que a povoam
como árvores,
o desejo que a incensa
e as sombras que a alimentam.

Retomo a noite indivisa,
inconsútil até a hora da claridade.
Hora em que bruscamente
acorda a cidade
e todos soluçam.

Retomo a noite indivisa
com seus pântanos de silêncio
e em suas extensas águas navego
como os gregos pelo Aqueronte.
Com a paciência dos velhos,
mas a luz nos olhos,
à noite entrego a alma
e pela manhã a recolho.

RONDA

Da Casarejos à Ipiranga
encontrar-me-ás, ser provisório,
desfolhando verdades relativas.

Reinvento maremotos
e perscruto mapas.

Atiro estrelas
e movo-me, animal finito,
pela noite.

Estou na boca dos loucos
de algum mágico
da última prostituta –
órfã de todas as carícias –
corroída pelo crack.

Admito que a dor
é mais densa que a luz
porque a dor está na carne
e a penetra, por entre nervos
e células, por entre neurônios
e veias, extensa com suas agulhas.

Continentes nos olhos,
sem nenhuma moeda universal
que me permita comprar a alegria,
caminho alheio à ruína dos muros.

Reconduzo constelações. Rememoro Joyce:
"guarde esse poema entre tuas coxas, Doralice".

DO TEXTO

Trabalhar o texto
suas fímbrias e falas.
Deslumbrar o texto.

Colisão de grânulos
colagem de vozes.
Reinventar o texto.

Átomo após átomo
moendo o silêncio
até a decomposição
da matéria,
como um incêndio.
Alimentar o texto
até onde a palavra pulse
com seu vibracal de luzes
e alguém me ouça.

DA VELOCIDADE DAS COISAS

Voam no veloz ciclo das horas
os F-16 sobre as ruínas de Genin
sobre os guerrilheiros do Hamas
velozes
estômagos no horário em que alguns
sentam-se em mesas repletas
velozes
os olhares dos detentos nas janelas
da Penitenciária do Estado
velozes voam
as pernas sem asas dos meninos
que atravessam o mundo desigual
velozes sirenes
velozes
velozes disparos na noite
em vosso quarto
onde vos suicidais
velozes bem mais velozes
os computadores que contam dólares
alheios à fome do mundo
no vôo articulado das previsões
velozes bem mais velozes
os calendários
no repartir dos dias desiguais
entre mortos e vivos
veloz como vós
ou como os pássaros
no movimento dos ventos
velozes bem mais velozes

as epidemias velozes
nos olhos do Congo
no intestino do Paquistão
nos ossos da Sumatra
nos nervos do Brasil
velozes
as idéias dos homens
construindo máquinas terríveis
que detectarão nossos sonhos
o medo veloz
à sombra dos calabouços
onde vos ouço
e sei que gritais
sob pontapés e choques
sobre coágulos de sangue e fezes
sobre dentes estilhaçados e urina
velozes bem mais velozes
os mapas da fome e da lepra
anunciando a nova ordem das coisas
neste vale de estrelas tíbias
neste vale desvalido, Eliot,
e o velho tempo do martírio.

ALUCINAÇÃO

Em segredo
como a convulsão horária dos impulsos
às margens do Ganges
como etruscos
em vendavais de milenares páginas
soluço.

Intruso
como uma corredeira de ventos
sobre as Bahamas
como o Dalai Lama
nos oráculos da alma
essa intensa rede de metáforas
e artifícios
ondulo.

Em transe
como os feiticeiros taraumaras
em celestiais orgias
como o dia dos relâmpagos
e os galos nas rinhas
como um morto passeando silêncios
sobre as baías
conspiro.

Em delírio
despido de toda humana certeza
com a intacta leveza dos insetos moucos
com o amargo rancor dos guardiães eunucos
respiro.

DOS ENIGMAS

Nada do que aspiro
transla em teu horário de umbra.
As ruas e os metrôs
voam no sistema solar.
Fogem-me hipóteses de luz
e possibilidades únicas
de alegria.

Perduro lúdico
em teu olhar vítreo.
Esaú e Vico
perpetram parábolas sísmicas.

Nada do que reitero
cheira a princípio.

À hora imponderável
dos assaltos
retomo o leme indivisível
dos transtornos.
O mar é volúvel
nos anéis de Saturno,
e deságua
na primavera de Praga.

As coisas são densas
e estão no tempo
como o movimento
dos astros.

Nada resolverá a angústia
em que, desesperada,
mergulhas a cada crepúsculo,
com amarga fé na finitude.
Nada.

FUGAS

Parto na tarde inacabada
dos calendários
como quem reparte
limites contrários.

Adeus signos da utopia,
náuseas sartreanas,
casmurrianos enigmas,
cólera, álcool, fumo, vaginas.
Grandes mapas do mundo,
Adam Smith, Sócrates, Vesúvios.

Parto sob o dilúvio dos dias,
muros caídos, adeus Trotski, Mao,
grandes utopias.
As cidades pulsam ilhadas
por multidões de excluídos.
Fujo do consenso dos magos
de Chicago
que as minhas contas eu mesmo pago.

Parto na manhã com meus erros.
Ilusionista barroco
algemo meus anjos poligonais
às asas dos comboios.
Nos ombros, cavalos do medo.
No mar gelado do rosto
florescem libélulas de espanto.

Adeus volumes de Baudelaire,
dados de Malarmé, Crisantemos de Haroldo,
Horácios, cantemos. Adeus Ezra Pound,
I found the best way
nessa era de desassossegos.

Parto na manhã intátil dos fusos
como quem joga golfe no ar
com duas granadas no bolso.
Eu difuso.

A MEMÓRIA DAS COISAS Nº 2

Meu olhar não reinventa o mundo
prende-o, contorno sólido mutável,
e às coisas todas que toco eu percebo.
Os cantos de Ezra Pound enigmáticos,
as línguas vivas das quais a palavra
se alimenta sempre como já se alimentaram
das mortas, das línguas que eu não falo,
das que sequer compreendo a estranha pronúncia.
Porque ali, através daqueles ruídos se expressam
os grandes símbolos do tempo e da vida,
os seus construtores, homens também, como nós,
perplexos ante os fenômenos.

A minha memória não retém todas as coisas,
nem tem-nas em sua totalidade de gás e sombra.
O silêncio da chuva ao final da tarde
quando voltamos para casa em grandes rebanhos
e a noite escorre sobre os mapas, horizontal, espessa,
como parte do ritual dessa morte temporária
em que penetramos como estrangeiros.
O salmo que nos põe diante da face
imponderável de Deus
quando almejamos fugir da morte,
calvário comum de todos os seres
dotados de oralidade e mudez.
A minha memória não explica todas as coisas.
A pulsão do universo se expandindo para além
de todas as metáforas,

enquanto internautas lançam na rede a palavra nojo.
Os ramos dos pessegueiros florindo a cada ano
porque a vida se recompõe sempre
à luz de cada manhã.
Bashô, aos pés do Monte Fuji, decodificando o silêncio.
O velho homem sentado sob a paineira
com os olhos vazios,
órfão de todas as saudades.
O último trem para Auzchwitz.
Ezra Pound exibido preso dentro de uma gaiola,
em Pisa, após apoiar Mussolini.
"Olhos dilatados, descansai pálpebras imergindo
inconsciente treva". IN MEMORIAN.

DO PRINCÍPIO DAS COISAS

Tem-se que havia luz
e as pequenas claridades
viajavam em imensas noites
e a poeira inicial, seus cristais,
as pequenas sombras,
antes de se pensar o dia e a noite,
antes,
antes de se pensar a matéria,
tem-se que havia luz
mas não as grandes claridades
não as águas fluindo contínuas
não os corpos celestes completos
em sua dinâmica.
Tem-se que havia luz e treva,
Mas nenhuma voz se ouvia
nas grandes cavidades,
nenhuma aldeia, nem um rio,
nem o Tejo, nem o Anhumas ainda corriam,
não, nem o lêmure, nem o texugo existiam,
nem o evangelho, nenhuma língua
se ouvia,
nem o novo, nem o velho, tem-se que havia luz
por onde o tempo fluía
tempo de ontem, de hoje,
esse mesmo tempo que flui
que o tempo já antes do início
tem-se que também existia.

Tem-se que nada havia,
nem quando, nem ontem,
como se pretende, existia,
porque somente o tempo
antes de todas as coisas,
do símio, da sombra, do gás,
da voz, somente o tempo
ali estava, porque o tempo
já antes do início de tudo
tem-se que por hipótese existia.

DO TEMPO

Desde a irrevelável face da morte
passam dias, e náufragos, e o tempo,
esse elefante imperecível,
e todas as coisas humanas e minerais.

Ainda que te debruces sobre vastas bibliotecas
e sonhes com o domínio absoluto da matéria
nada podes fazer para deter o tempo.

Desde a infância mais remota
te curvaste aos poucos, a fórceps,
sob o peso de atmosferas volúveis.

Visitaste cidades idênticas
e labirintos escuros
onde o tempo tragava os vivos e os mortos
sem deixar vestígios.
Inutilmente urraste como um símio
contra a dor e o infortúnio.
Infenso à luz e à treva, o tempo,
alheio à tua e à minha solidão, o tempo,
onipresente, onímodo, único,
o tempo imperecível,
absolutamente imperecível,
esse viajante, o tempo.

NOVO POEMA

Como compor a vida
sobre que obra, que signo,
sobre que água, que fogo,
com que incerto desígnio?

Como prover a vida
de seus arreios, seus laços
de seus espelhos e tempos,
como engendrá-la no espaço?

Como alimentar a vida
com que sangue ou sonho
com que incêndio ou gerânio
com que medida do estranho?

Como não perder a vida
em que paralelo universo
sob que deus ou galáxia
em que ventre reimerso?

O MAR

As ruas onde os volumes se excluem
e sempre tornam à mesma superfície
não por líquidos colmos
ou inseparável liga,
não, as ruas onde os conteúdos
são múltiplos e a biodiversidade enigma.

Não é, em si, o mar, essa extensa liga
de úmidas paisagens,
mas a névoa vista da Voyage,
do Hubble,
azul imperscrutável
entre manchas sólidas e escuras
aqui onde giramos como moinhos –
o azul
o fosso e a planície
a penumbra e a montanha
onde mergulhamos sempre
para não perder o azul.

DA DOR REPARTIDA

O mesmo dia
e os escorpiões que o constróem
as casas acesas, as asas,
os navios para aqueles
que ancoram no silêncio.

O desejo dos que não têm fala
mas gesticulam em todas as línguas
e desfazem-se.
A visão dos que perderam a paisagem
mas reconstróem o sentido
a partir de qualquer vício.

A falta infinitesimal da compreensão
ou o crime, como ponte inadiável
para a reinserção do homem
no mapa das tempestades.

A grande labareda das vaidades.

A dor,
esse refúgio corporal da sanidade.

A MUDEZ

Um homem mudo
sabe mais a silêncios
que ruídos.
Em sua sólida mudez
guiam-no as grandes
asas da memória
e os olhos.

Um homem mudo
se expressa por sinais luminosos
como as palmeiras.

Um homem mudo.

Um homem mudo, nesse mundo,
sabe ao sol e às colméias,
degusta os licores e toca a neblina,
mas não fala a língua dos homens.
Embora respire como os homens
um homem mudo
é como um peixe sob a luz
extinta a água; move-se
em desespero, abraçando o ar,
com aquela aura que acende
os sinais vitais dos que rejeitam
a camisa-de-força
do silêncio obrigatório.

HOMEM DAS MÃOS LUMINOSAS

Aquele que tocava os objetos
e os suspendia,
a força de suas mãos
seus músculos, seu imã,
dos olhos a força imensa
fulgia.

Aquele que tocava os objetos,
as flores, e as encantava,
as águas, aquele que as tocava
enquanto fluíam
para o vapor das asas.

Os peixes, aquele que os tocava,
as rudes mãos de carpinteiro
os multiplicavam,
que a força que as movia
não se mede, verias,
os olhos não se vêem e ainda olham.

Os pães, pelo milagre da fartura
que suas mãos portavam
também eram suspensos e saciavam.

Aquele que tocava os objetos.
A luz que irradiava,
suas sandálias,

a túnica que vestia,
seu tecido,
também eram suspensos
em aéreos gestos
como parábola ao avesso anunciada.

Aquele que tocava os objetos
e os suspendia.
A cinza dos seus passos
nos desertos em que pregava,
a areia fina que o recobria
e mesmo a lava,
que a alma que ele carregava
não tocava o chão
pois levitava.

RESSONÂNCIAS

Às vezes colho essas ressonâncias.
O olho de vidro mirando o céu noturno.
Ciclópicos astros girando. A vida,
esse meteoro insano feito de ilusão e quartzo.
As grandes fatalidades do mundo,
a filosofia, a transgênese.
Ouço a noite tangendo seus martelos agudos,
a orquídea negra do silêncio.
A bebida para levitar como Buda.
Esse ríctus que a inveja semeia
entre os semelhantes.
O olho para colher as cintilâncias do pêssego.
A mão para indicar o caminho desconhecido
e mover os sentidos.
Os códigos para ampliar nossas diferenças
e mantê-las.
Ouço a pedra do dia em seu rumor seminal.
Os intestinos por onde escorre
parte da matéria que nos moverá
até esquecimento.
A hora do desassossego extremo
que a razão cultiva mas não explica.

Às vezes colho essas ressonâncias.
A porta da casa em ruínas aberta para o passado.
A tarde curva onde cabem todas as hipóteses.
A hora da estrela e do medo.
A criança triste que atravessa
nosso caminho de sombras,
e a que ri, feliz, porque a vida é *non sense*.

MUITAS VOZES

I

Dão-me como referência tantas vozes.
Delas me alimento
como um rio seco se alimenta do orvalho.
As vozes que ouço nos sonhos,
as vozes frias e longínquas desses mortos
que acolho, como labaredas,
as vozes dos vivos que gesticulam
suplicando comida e agasalho.
Dão-me como lenitivo tantas vozes.
Delas careço
como um precipício, para repercutir o eco
da noite e do estrondo.
As vozes que reverencio na música,
as vozes que sonho reais e me fogem brancas
e vazias nos olhos dos pássaros.
As vozes que parecem cristais e se estilhaçam
entre os relâmpagos e a chuva.
As que apodrecem nos quintais úmidos, entre mangas
e cupins. Ouço seus emitentes desde o passado,
vozes portuguesas do Além Tejo, vozes que vejo
fluindo no ar trêmulo de manhãs irrecuperáveis,
vozes hebraicas que imprecam e pregam,
vozes inglesas que murmuram e soluçam,
vozes brasileiras que suplicam e amaldiçoam.
Vozes d'África, trêmulas vozes

procurando o sentido do mundo.
Vozes de Dante: "Misere di me", gridai a lui
"qual che tu sii, od ombra od omo certo!"

II

As vozes todas são compostas de ruído
e ocre silêncio, este após a voz calar-se
e sempre haverá como ouvir-se a fala
no que o som a propaga e revela.

Atentar para a modulação da voz, creia-me,
aprender sua condensada chama
ali onde há de acender algum claro sentido
a menos que te bastem as estacas do ruído.

As muitas vozes que perseguem nosso dia
com suas águas turvas, suas lâminas,
as que sempre esquecerás antes que calem

e a que lembrarás por sua acesa chama.
A da amada, a voz lasciva e profana.
A voz do nada. A muda. A que te engana.

O HOMEM DESERTO

O homem deserto sob o sol.

O homem deserto olha para o pássaro
mas não vê o pássaro.
Olha para o céu
mas não vê o céu.
Olha para os girassóis
mas não vê os girassóis.
Alimenta os peixes
mas não vê os peixes.

O homem deserto sob o sol.

O homem deserto consola os aflitos
mas é inconsolável.
Lê tratados de botânica
mas não planta árvores.
Estuda os salmos
mas não canta os salmos.
Reza pelas almas
mas não tem alma.

O homem deserto sob o sol.

O homem deserto percorre as bibliotecas
mas descrê de todo conhecimento.
Visita os parentes
mas perdeu todos os laços.
Sonha com os labirintos

mas não admite ser ele próprio um labirinto.

O homem deserto sob o sol.

O homem deserto sonha
com um turbilhão de estrelas aceso
com sua tristeza imensa
à treva preso.

O homem deserto sob o sol.
O homem deserto.
O homem.

UNIVERSO

Sem fim nem começo
O universo é avesso
À conclusão.

Esta obra foi impressa pela Gráfica EME, Av. Brig. Faria Lima, 1080, V. Fátima
Capivari-SP, para a Associação Cultural LetraSelvagem.